快乐魔法学校

① 魔法解压药水

© 2015, Magnard Jeunesse

本书简体中文版专有出版权由Magnard Jeunesse授予电子工业出版社。未经许可，不得以任何方式复制或抄袭本书的任何部分。

版权贸易合同登记号 图字：01-2023-4943

图书在版编目（CIP）数据

魔法解压药水 ／（法）埃里克·谢伍罗著；（法）托马斯·巴阿斯绘；张泠译. --北京：电子工业出版社，2024.2
（快乐魔法学校）
ISBN 978-7-121-47223-7

Ⅰ.①魔… Ⅱ.①埃… ②托… ③张… Ⅲ.①儿童故事–法国–现代 Ⅳ.①I565.85

中国国家版本馆CIP数据核字（2024）第034283号

责任编辑：朱思霖 文字编辑：耿春波
印　　刷：北京瑞禾彩色印刷有限公司
装　　订：北京瑞禾彩色印刷有限公司
出版发行：电子工业出版社
　　　　　北京市海淀区万寿路173信箱　邮编：100036
开　　本：889×1194　1/32　印张：13.5　字数：181.80千字
版　　次：2024年2月第1版
印　　次：2024年2月第1次印刷
定　　价：138.00元（全9册）

凡所购买电子工业出版社图书有缺损问题，请向购买书店调换。
若书店售缺，请与本社发行部联系，联系及邮购电话：(010) 88254888，88258888。
质量投诉请发邮件至 zlts@phei.com.cn，盗版侵权举报请发邮件至 dbqq@phei.com.cn。
本书咨询联系方式：(010) 88254161转1868，gengchb@phei.com.cn。

[法]埃里克·谢伍罗 著 [法]托马斯·巴阿斯 绘 张泠 译

快乐魔法学校

① 魔法解压药水

电子工业出版社
Publishing House of Electronics Industry
北京·BEIJING

目录

第一回	不怎么妙的开端	5
第二回	疲劳过度的爸爸	9
第三回	魔法药水	17
第四回	变老鼠	25
第五回	姥姥的配方	31
第六回	爸爸变母鸡	39

第 一 回
不怎么妙的开端

我是摩尔迪古斯，今天我们全家要去姥姥家。一钻进我家那辆快散架的破旧魔法汽车里，我就敏锐地察觉到爸爸妈妈之间的气氛不对。

妈妈对爸爸说："我可跟你说啊，赛普迪姆斯，不管是我妈还是我妈做的南瓜派，你要是敢瞎说一句，就别怪我不客气！我拿巫师身份发誓，我说到做到！"

只见爸爸紧咬牙关,一边发动车子一边低声抱怨:"这辆破车,真该修修了。奥克塔维雅,你找时间管管这事儿?"

"你怎么不管?"妈妈反问道。

"因为我忙啊,我没时间!"

"那我就有时间啦?我整天闲着没事儿吗?"

爸爸听到妈妈这么说,抽紧下巴,他精心修得尖尖的胡子都跟着翘了起来。他的双手更用力地握了握方向盘,嘟嘟囔囔地说:"好了,那咱们别讨论了。明天我接待完最后一个客户就去修理厂。"

爸爸是巫师兼解魔师。他的工作十分繁忙,巫师们出了什么千奇百怪的事故都要找他帮忙。巫师会出什么样的事故?那可多了去了:有从魔法扫帚上掉下来的,

有施错魔法解不开的,还有中毒的……

妈妈也是巫师,她的工作是撰写又高端又复杂的魔法书。但是因为妈妈通常居家工作,爸爸就常常会忘记妈妈其实也非常忙。

此时,妈妈叹了口气,说:"你这么说的话,明天就肯定又不能回家吃晚饭了……"

第 二 回
疲劳过度的爸爸

　　姥姥不喜欢花园,所以她把自己的花园变成了沼泽池,她的两只宠物鳄鱼——巴吉勒和欧帝乐——正满脸不高兴地看着我。姥姥在门口等着我们,妈妈进去跟她拉家常,我则留在外面喂鳄鱼。

　　好景不长,上桌吃饭的时候,大战还是爆发了。

爸爸看到餐桌中间摆着的南瓜派忍不住叹了口气。妈妈立即向他投去了犀利的目光。快吃完的时候，姥姥语重心长地说："哎呀，赛普迪姆斯啊，最近你好像特别忙，可要注意，千万别疲劳过度啊……"

妈妈给我讲过,"疲劳过度"就是一个人工作太多引起的。

爸爸答应过妈妈绝不批评姥姥的南瓜派,也绝不反驳姥姥。所以,他把矛头指向了我。我刚巧咬了一口南瓜派,实在是太烫了,我赶紧把南瓜派吐回到盘子里。爸爸见状大吼起来:"摩尔迪古斯!你这个吃相,跟……"

妈妈惊叫一声想阻止爸爸脱口而出的变形咒："赛普迪姆斯，快住嘴！"

"跟……猪一样！"来不及了！我瞬间看到我的鼻子变成了猪鼻子。这可把我吓坏了，我赶忙回头看镜子，结果看到一根小尾巴正从我的裤子后面钻出来。

我的惊叫也变成了猪叫声："救……呼呼呼命，我变成……哼……哼哼……猪啦！"

我从椅子上掉了下来，把桌布和餐具也扯到了地上。我四处乱撞，撞到了桌子，又撞到了柜子，一瞬间，一片狼藉！

妈妈又急又气,对爸爸喊道:"赛普迪姆斯,你别傻站着啊,快想想办法!"

姥姥吓坏了:"快念咒语!快!"

爸爸又嘟囔起来:"我,哎,我忘了。让我集中一下精神!啊,想起来了:香肠火腿肠,变猪咒语不寻常,速速解除变正常!"

噗!我又变回了人形,四只猪脚变回十个手指头和十个脚指头,这是一件多么令人幸福的事情啊!

刚到家,爸爸就被一通电话叫去处理紧急事件,某位蹩脚炼金师的锅爆炸了。

但是爸爸看起来却好像一下子得到了解脱。因为，即便是我家那只笨猫萨卡普斯都能嗅到空气中的紧张气息，宁愿躲在沙发下面缩成一团。

晚上，妈妈来到我的床边，一边给我盖被子一边安慰我："你知道，爸爸绝对不是有意这么做的。把你吓成这样，他也非常内疚。他就是太累了……"

确实，自从爸爸超负荷工作以来，他整个人都有些不正常。每次他用昵称叫我的时候，不管是不是出于爱意，我都会立即变成他说的那种动物。

妈妈关了灯，留下我一个人独自胡思乱想。

第三回
魔法药水

　　第二天，我在学校的变形考试上得了个4分，满分是20分。

　　我把所有的咒语都给搞混了。老师当着全班同学的面批评我把第一题中的蟑螂变成了鸭子，把第三题中的毛毛虫变成了衬衫。

全班同学听了哄堂大笑。

但我晚上回家把成绩汇报给爸爸的时候，他却一点儿都没笑出来："我说，摩尔迪古斯，你在想什么呢？你要明白咒语容不得半点儿差错，一个小失误，就全完蛋啦！你就继续这么混吧，如果你想变成一头蠢驴的话！"

我张嘴想辩解，可是我只能发出驴叫："啊——呃！"

妈妈赶紧跑过来："赛普迪姆斯，你对孩子太严厉了！"

"一直宠着他，他怎么能知道努力，奥克塔维雅！"爸爸有自己的道理，"希望这次能让他长个教训！"

"我……啊——呃……我不是啊——呃……故意的……"

"你别跟我装模作样，我最讨厌装可……啊！"爸爸一下子跳上沙发，同时念了还原咒。如若不然，我觉得我肯定要咬他一口，因为我实在太生气了。

不能再这样下去！我必须得做点儿什么来帮助爸爸减压……

第二天放学以后，我想到了一个主意。马上就要到父亲节了，要给爸爸个惊喜，这可是不可多得的好机会！我叫上我的朋友摩图斯一起来到图书馆。查了两三本魔法书之后，我们找到了这个"适合疲劳过度巫师的超级解压药水"，这不正是我需要的嘛！

摩图斯做了个鬼脸："可不是嘛，但是你看看，这里写着，你得找到几片荷花叶子和几片睡莲叶子……"

"到哪儿去找这些叶子呢？魔法扫帚里面肯定是找不到叶子了。啊，对，我知道啦！姥姥家的沼泽池里面！那里可是水生植物的天堂。如果那里都找不到，那可就难了……"

　　第二天一大早,天刚蒙蒙亮,我就悄悄地爬了起来,爸爸和妈妈还在睡觉。阿尔诺——我的癞蛤蟆,也在熟睡中,呼噜响得赛过一辆卡车。

　　这样看来,如果行动迅速,我可能早饭前就能赶回来。

我跨上我最新款的魔法扫帚,挂上四挡,向姥姥家冲去。

突然,我脑袋里面的电话响了,有人通过脑电波电话找我。是我的爸爸妈妈,他们今天比平常起得早,结果发现我不见了,两个人都十分着急。我正犹豫着要不要接电话,爸爸的声音猛地在我脑袋里面响起:"摩尔迪古斯,你在哪儿?我们都要担心死了,你到底是怎么回事?"

还没容我开口解释,爸爸紧接着干脆地命令道:"快回答,我的小青蛙,回答!"

通信瞬间中断。我惊恐地发现我的手指间变出了黏糊糊的脚蹼,我的身体也缩小成一只青蛙那么大,皮肤也变得绿油油、黏糊糊的。我感到自己正在从扫帚上往下滑,我试着呼救:"救……呱……"抓不住了,我从天上坠落下来……

第四回
变老鼠

幸运的是,一大片沼泽减缓了我落地时的冲击。随着巨大的一声"扑通",我着陆了,或者更确切地说,我"着泽"了。

我狼狈不堪地爬到一片睡莲叶子上。刚爬上去,就发现沼泽里升起了四只泛着红光的黄色大眼睛。这两双眼睛我再熟悉不过了,是巴吉勒和欧帝乐!

天哪，我竟然正巧落在了姥姥的沼泽池……我吓得魂飞魄散，抖得牙齿咯咯作响。我大声喊道："巴吉勒，欧帝乐，是我……呱！"

它们当然听不出来我的声音。我从一片叶子跳到另一片叶子，闪转腾挪，仓皇逃命，终于跳进了姥姥的房子里。姥姥正坐在阳台上看《扮家好巫师》杂志。

我像个傻瓜一样直接跳到她脚边，想引起她的注意。结果，她一看见我就立即惊叫起来："啊！青蛙！"

坏了，我竟然忘了姥姥对两栖动物过敏。只见她迅速抄起扫帚，左一下右一下地满屋子驱赶我。幸亏我逃得够快，我呱呱叫着躲到了一个柜子底下，吓得浑身发抖。

就在姥姥继续尝试收拾我的同时,我的大脑也在飞速运转:我自己念咒语变回人形?不行,太危险了,我这个水平,说不定会把自己变成什么东西!难道我要继续抱头鼠窜?

抱头鼠窜?老鼠!对了,有办法了!变成老鼠不就能逃得快一些吗?!而且,变老鼠的咒语我绝对烂熟于心,上次考试写错之后老师罚我抄了六十六遍。想到这儿,我迅速念出这条救命咒语:"一二三四五,上山打老鼠,速速把我变老鼠。"

"噗!"我一下子长出了胡须,我禁不住洋洋得意起来。

姥姥惊讶地瞪大了双眼。她本来是在驱赶一只青蛙呀,怎么突然青蛙变成了老鼠?不过她很快就猜到了什么,轻轻地问:"摩尔迪古斯……是你吗?"

呼,这下我就得救了。

第 五 回
姥姥的配方

姥姥赶紧通知爸爸妈妈，免得他们太担心。然后她把我变回人形，还给我喝了她熬的鼠尾草汤。我的情绪慢慢平复下来，可是当我想到爸爸一会儿就会来接我，还是有些害怕，不知道他会有什么样的反应。

姥姥问我："你这个小捣蛋，你到我家来搞什么鬼啊？"

我有些不好意思，但我还是把父亲节要做魔法药水的主意告诉了姥姥："我是来找魔法药水配料的。"

"魔法药水？什么魔法药水？"

"就是镇静药水，能解压的那种……我需要睡莲叶子和荷花叶子。"

姥姥听了大笑起来："我的小宝贝啊，你是不是从一本特别老的《魔法教程》里找到这个配方的啊？那已经太过时啦！"

姥姥说着站起来向书架走去。

"不过,我倒是好像……#¥……%%#@*&……%#@,让我给放哪儿了?"

姥姥继续翻找,边翻边不停地唠叨。爸爸总说,要是姥姥不改改唠叨的毛病,迟早她的嘴巴会变得比巴吉勒和欧帝乐加在一起的嘴巴还臭。

不过我倒是觉得姥姥的唠叨挺好玩的。

最后,她终于找到了一本厚厚的书递给我:"喏,看看这本秘籍,肯定有你想要的。"

我看了一眼目录，一下看到这样一条"父亲节特定款药水"，单独有整整一章呢！我赶紧翻开来看，这不就是我要的嘛，我兴奋地念出声来："把爸爸变得像母鸡一样温柔，哈，就是它！"

姥姥从我手里把书拿过去仔细瞧了瞧，她皱起眉头："嗯……你选的这个可并不容易啊，有一定风险……你确定这就是你想要的吗？"

"确定！爸爸总说太容易的事情做完了也不会有什么成就感，要想成功，就要勇于挑战！"

"哦，如果你觉得这值得一试的话……那我们就开动吧。摩尔迪古斯，你先去拿几根巧克力手指饼来，我早上新做的哦。

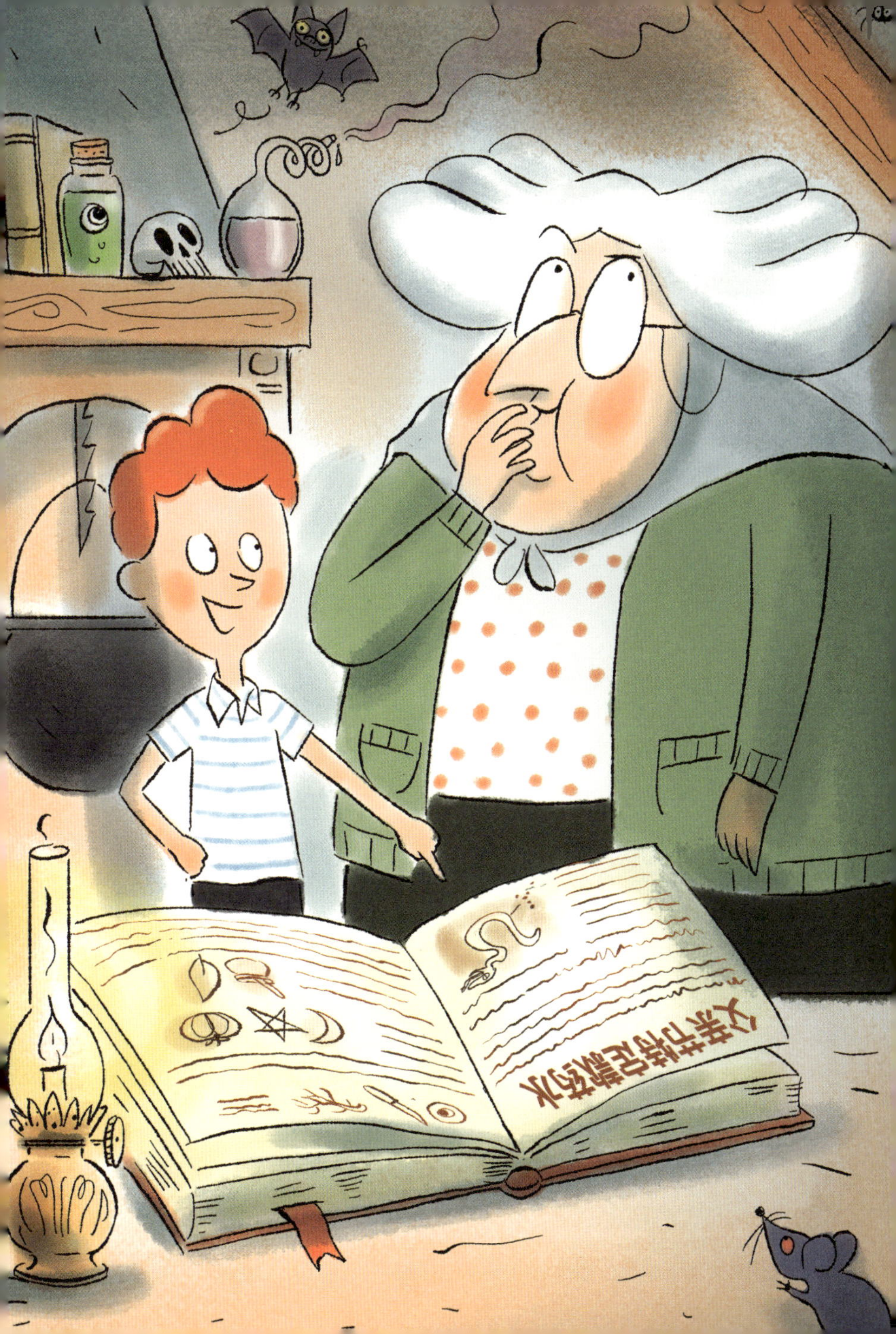
父亲节特定款药水

然后，我来帮你制作药水。咱们两个一起，怎么着也比你自己琢磨省劲儿……"

第 六 回
爸爸变母鸡

到了星期天父亲节这一天,我们一家聚在一起。爸爸对我之前的遭遇仍然心有余悸,所以今天他很努力地想表现好一些。

我这么说是有根据的:在姥姥又端上她的拿手美味南瓜派的时候,爸爸竟然忍住没有做鬼脸。

甜点时间到了,今天的甜点是大虾冰激凌,我适时地拿出灌满魔法药水的香水瓶送给爸爸。爸爸打开瓶盖往自己身上喷香水的时候,我站起身,念起了已经背得滚瓜烂熟的咒语:"哗啦啦呼啦啦,态度不太好的爸爸,像母鸡一样温柔吧!"

扑通!

哎呀呀,一定是哪里不对!只见爸爸瞬间从椅子上滚落下去。当他再次站直双腿,啊不,更确切地说,是站直双爪的时候,他惊恐地伸直了脖子,扑棱棱地在客厅里乱飞乱撞起来。

萨卡普斯一下子来了精神,任何带羽毛的东西都别想逃过它的追捕,它"喵"了一声,伸出利爪向母鸡爸爸扑去。

母鸡爸爸吓得晃着脑袋使劲逃,边逃边咯咯哒、咯咯哒地拼命尖叫。

妈妈赶紧冲过去控制住萨卡普斯,并回头向我大吼:"摩尔迪古斯,你搞什么鬼!赶快把你爸爸变回来!"

我也慌了,怎么办?咒语倒着念,行不行?想到这里,我脱口而出:"母鸡爸爸,态度不太好的爸爸,呼啦啦哗啦啦,原来的爸爸回来吧!"

令人难以置信的事情发生了:爸爸一下子变回了原来的模样。只是他脸上的惊恐丝毫没有减退,瞪大的双眼里充满了恐惧。

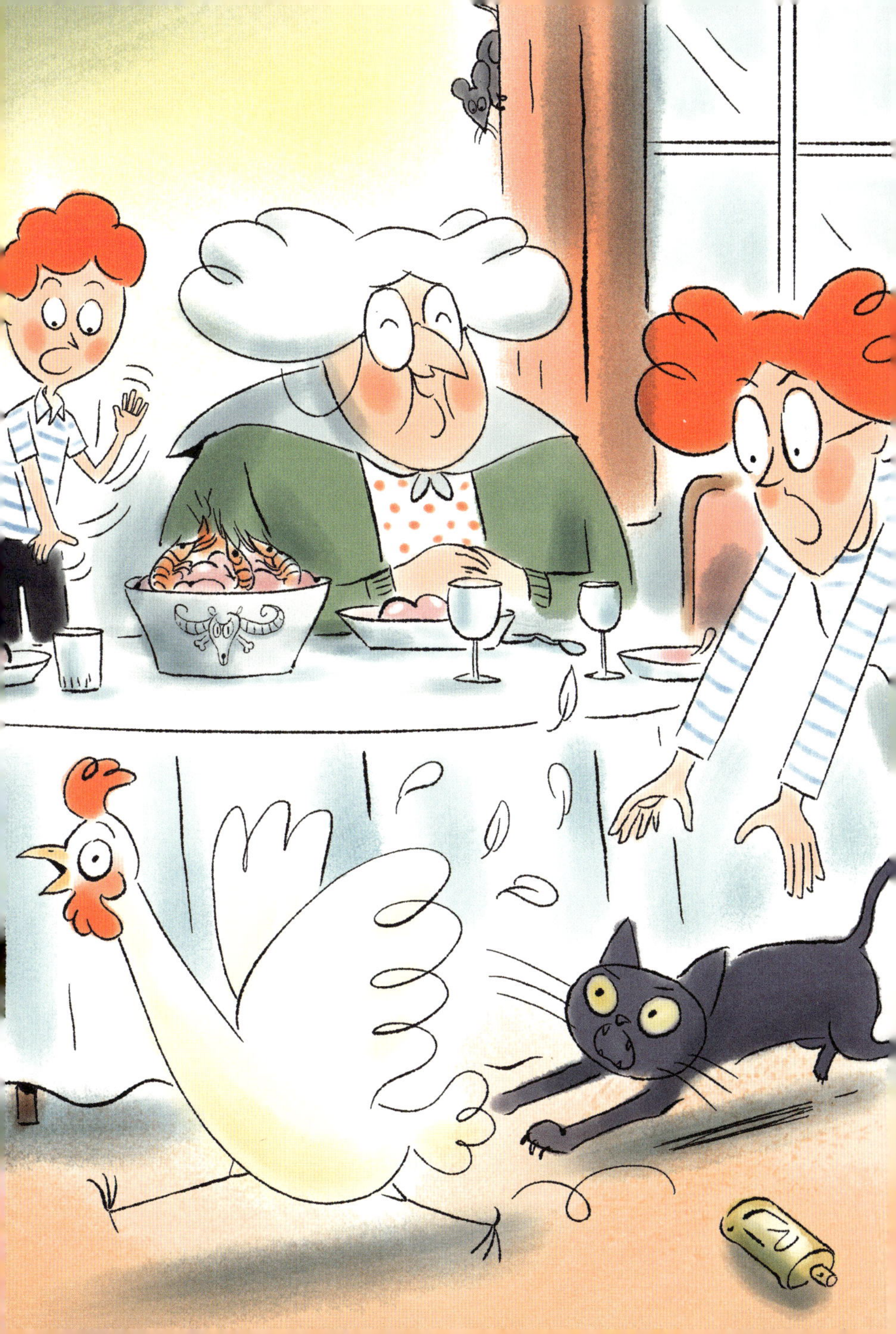

他看向我,顿了一会儿,诧异地问:"摩尔迪古斯……你从哪儿学的这个配方?我确信这绝对不是学校教的!"

姥姥强忍着笑,差点儿把头埋进盘子里。一想到险些酿成悲剧,我感到有些羞愧。不过我又突然觉得这挺公平的,毕竟我变成青蛙也差点儿被巴吉勒和欧帝乐给吃了!

我眼含泪水,有些激动地为自己辩解道:"我只是希望你能改一改……"

爸爸苦笑着说:"就用这种把我变母鸡的方法吗?你这个点子是从哪儿来的呢,我就纳闷儿了……"

姥姥站出来维护我:"行啦,行啦!毕竟也是值得庆祝的事儿呢,我的好女婿,至少能证明咱们的摩尔迪古斯遇事非常冷静啊!这不就是未来的大巫师最重要的品质吗?"

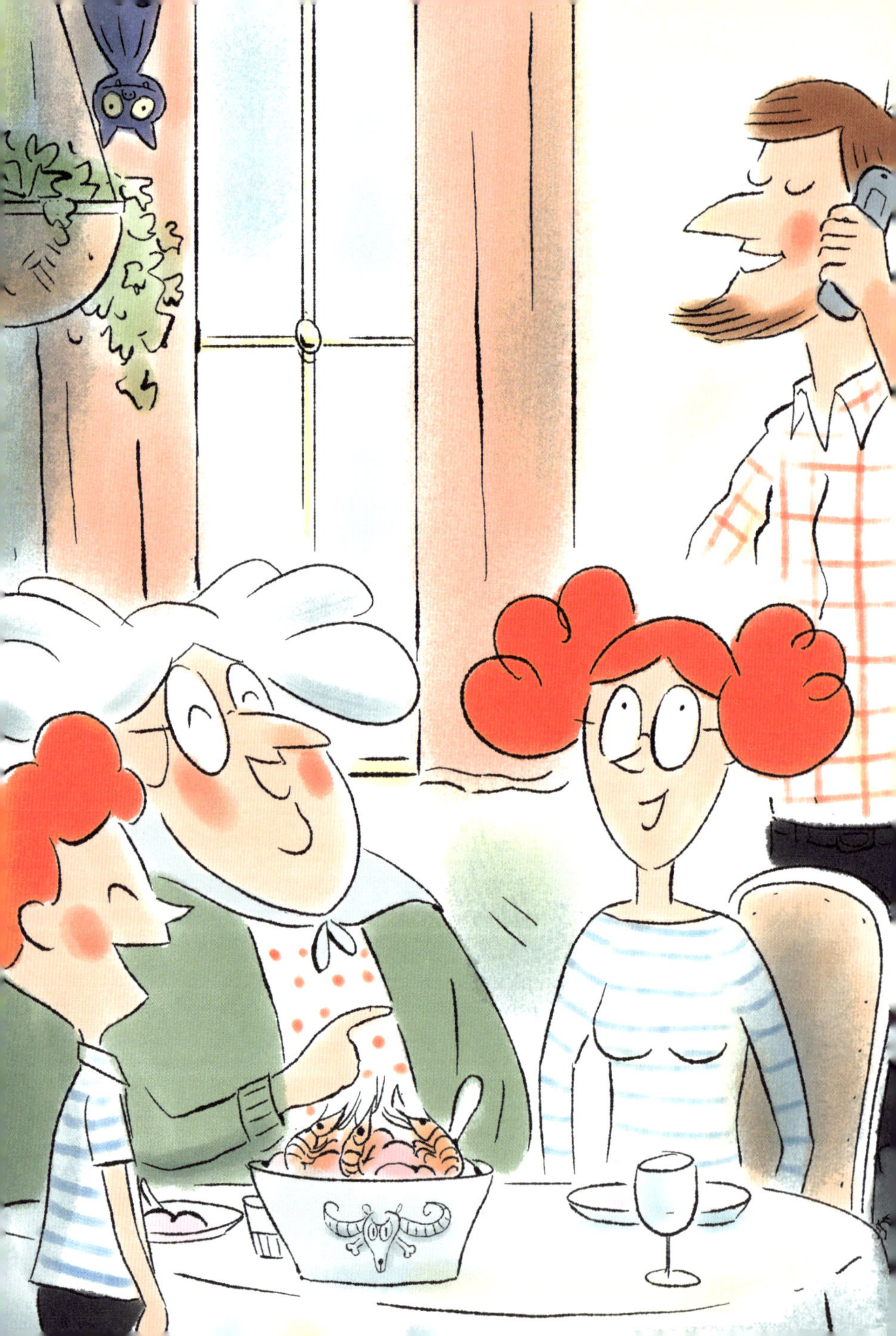

姥姥家的电话突然响了,是找爸爸的,很急:有位巫师被他的妻子变成了鼻涕虫。爸爸犹豫了一下,然后果断地回答对方说:"实在抱歉,我今天没法过去。相信您一定能找到别人帮你们解决问题。我儿子正在给我过父亲节,我不想错过,什么事儿都没这个重要。"

"对嘛,"姥姥笑着说,"你的节日,没了你怎么行……"

"您说什么?"爸爸刚挂断电话,没听清姥姥说了什么。

"我说,你要不要再来点儿大虾冰激凌?"

爸爸也不再追问，他把自己的盘子举起来："对，您说得对，您的南瓜派做得越来越好啦，值得庆祝！哦，我儿子的变形咒也练得越来越棒，更值得庆祝！"